詩集

沈黙は空から

若山紀子

砂子屋書房

＊目次

装本・倉本　修

詩集　沈黙は空から

すとうりい

Ⅰ

もう六時を過ぎました
スーツケースにからっぽの私を積んで
家を出ます
　　いないのはあなたです
　　いないのはわたしです
遠い夕日のせいで
空の向こうが朱色になっています

生活を食べ尽くして怪物になったのです
もう戻ることはありません
昨日までのすべてを消しました
傷口から溢れるものを押さえながら
不安という名の明日に向かって
やみくもに空を翔びました

Ⅱ

モンパルナスの空は曇っていました
生活のにおいの無い暮し
トイレもシャワーも無い部屋で
壁をみつめていました
まい日　ムール貝のスープに鰯

沈黙は空から降ってくるのでした
たまに
おたまじゃくしなど降ったりして
あしたは遠いむかしです
今日だけが満足のいちにちでした
公園　えき　かふぇ
どこに在ても　わたしは異邦人なのでした

Ⅲ

孤独を連れて帰国しました
職探しは崖っぷちでした
明日こそ辞めようと思いながら
四丁目の角で

今日も立ち止まります
なぜ　四丁目にこだわるのか
太陽に背を向けて咲くひまわりの
宙に放ったひとことが
落下してくるからです
受けそこねたまま生きてきました
わたしがいなくなっても
明日という日は来るのです
しれっとした貌をして

ぽっかり空いた渇いた日
懸命に
今日の一個を捜します

たまご

きみは
いつも殻の中で
閉じこもって揺れていた

きみは　もう
離れたがっていたのだろうか
その汚染され白濁したなかから

それとも

熱湯に煽られ
固まりかけているのだろうか

固くゆでられて
まっすぐに吃立してみたかったのか
自分の力で
ずらり並んで何かを待っている
たまご
　（宙（そら）を翔ぶ鳥になったり
　（ヒマラヤの雪山にしろく埋もれたり
　（或いはピラミッドの頂点に立ち
　（または碧い深海の底に沈んだり
そんなさまざまの想いを
こっそり隠して

じっと　さびしさの音を聴いている

そして
寒い箱の中で
いつかくるその日を
待っている
わたしの
たまご　よ

捲(めく)る

あともどりしてゆく明日を
計りながら
あたらしい年はめくれてゆく

存在の非在
ふるい頁を読んでいたら
昏い穴がぽっかりあいていた

穴は思いのほか深くて

めくるたびに　のめりこんでゆき
穴の底
ねずみいろしたまるいものが棲んでいた
忘れていた記憶　あの黒い卵の欠けら
そんなような　ようなもの
目をこらしているうちに
どっぷりと浸かってしまい
這い上がれない
不実な風の吹くあたり
今日のわたしは
すっぽりと抜けおちている

寂寥を食みながら

またひとつ
貌を捲る

脅かされる

――牡丹――

ずれてしまったメールを嘆くより
もっと時間を視つめた方が
いいよ

と　誰かが言った
蝸牛はゆっくりといそいで
わたしの前を通り過ぎていった

とつぜん　どっと押し寄せた仕事のせいで

わたしは何も考えるひまがなかった
三日もすれば
するりと　忘れてしまう

あなたは
大輪の牡丹の花束を抱えて
やってきたのだ

うろうろと
花瓶をさがす
それは大きすぎたり
小さすぎたりして

牡丹ってひどいね

かっと見開いて視つめるんだもの
脅かされて
ついほんとの事
言いそうになって
逃げる　ひたすら逃げる
いろいろから

大輪の花は　咲くだけ咲いて
突然　崩れておちた
音も無く　あっけなく

三日も経てば忘れてしまうよ
そうだろうか

（それでいいのだろうか）

電話の鳴った日

走るチーターが好きだった
鋭い爪
獲物を刺す爪

いつも朝十時に電話が鳴った
チーターは走り　襲いかかり
人は深く傷つき
血は流された
あのころ――

〈あのころっていつ

ある日　突然電話が鳴った

走るチーターはもういない
あれは幻だったのだろうか

あれから
〈あれからっていつ

肉を食み
骨を食み
泥水を含んで
倒れたと　聞いた
走ることとさえ出来ずに

うずくまり
じっと痛みに耐え
何かをみつめている
まるで異うもののように

走るチーターはもういない
あれは幻だったのだ

異うものになり果てた
あなたとわたし
宙（そら）を交信する
いま

さよなら　とは言えないで

どこへ行こうと言うのだろう
扉をあけて
遠い宙からの電話
とまどって
一瞬
昏い何かに引きこまれる
もうすっかり別の人になってしまった人に

なにを話せばいいのだろう
忘れてしまっていた
悪い夢のつづきのように
手さぐりで歩く

水道の蛇口から　少しずつ
何かが流れ出している
わたしの脳髄

もうまつりは崖っぷちで
足ぶみしている　と言うのに

さよなら　とは言えないで

じゃあまた
と　受話器を置く　まるで
うそつき
の　わたし

Shadow

どっしりとしたバルザックの像*が
ひっそりと立っていた
小さい広場の角

通る人誰も振り向きもしない
そこに在ってあたりまえの街
いいえ　さりげなく置いてある街
そんな街がわたしは好きで
あの道を何度通ったことだろう

あれから　何度訪れたことだろう
迷宮の底のシャドウがとまどって
右往左往している　そんな空間
見えているのに　視えない
手を伸ばせば届きそうなのに
何て遠い無限の距離
それは詩までの距離なのか
シャドウボクシングをしている時が一番好きです
と　誰かが言っていた

メビウスの輪のように
シャドウがぐるぐる追いかける
そこは闇の匂いがする

斑(まだら)な日々が降りつもって
ねんどざいくのように
ちぎっては投げ　ちぎっては投げ
いま　生きてきた
黙して立ちつくす像のように

Shadowに向かって思いっきり
えいっと拳を突きつけてやる

あしたはあるのだろうか
ほんとうに

＊PARISのVAVIN広場にはロダン作・バルザック像が無造作に設置してある。

フェリックス

黒猫の名は
フェリックスといった
年とった家主のマダムは
この猫をかわいがっていた

毎朝　扉の前でニャオと鳴いて
起こされる
餌をやると　しばらく遊んで
また　次の餌をくれそうな部屋へ行くのだった

ちょっとした中庭があって
池に亀もいた
日なたぼっこをしている
フェリックスを見て
相棒が声をかける
何度呼んでも　知らんぷりしている
パリの猫は薄情だなぁと
彼は歎いていた

みんなそうなんだよ　と
わたしたちは明日の予定のない毎日を
暮していたのだった

マダムの息子だという
黒眼鏡のムッシュが奥さんを連れてやってきた
あいそのない男で
皆に嫌われていた
やがて　マダムが亡くなり
フロントには
黒眼鏡のムッシュが坐っていた
いつの間にか
フェリックスが来なくなっていた
ムッシュが食べてしまったのさ
なんて噂が広がった

何年ぶりだったろう　パリへ行った
真すぐに古巣を見に行った

全く異った　何の変哲もない
あいそなしのホテルが建っていた

ムッシュはもういない
フェリックスも
勿論あの頃のわたしも。
ぎゅっと握っていた掌から
ぱらぱらと零れてゆくものがあった

わたしたちフェリックスの話をするとき
だけ　優しい顔になる

迷子になる

——あれから——

それは密やかなあし音だった
俯いていた夏を過ぎても　なお
気配はつづいている
耳をすませている
あれからずっと

彷徨っているのは
だれだろう

弔旗を翻して一輪馬車が行く
屍を越えて
海の底から聞えてくる
言霊のささやきが
わたしを捉えてはなさない

＊＊＊

わたしはときどき迷子になる
熱くなったり　水浸しになったりする
この地球体の上で
あるいは
記号のような言葉たちが氾濫する
スクランブルの真ん中で

わたしの今日に誰も乗せないで下さい
と　くり返す日々
でも
あのあし音は消えない
明日もあさっても
まるで影のように

迷子はいつまでつづくのか

地の底で

白い障子に　陽の陰が差してきて
わたしの魂が　すこし動きだす

ゆうべの考えが素通りして
まっしろになった朝
胸にもやもやするものがくすぶっていて
　突然

　　　　　哀しみが落ちてきた

知らない所で人が消えた
人が囚われた

哀しみは泡立ちはじめる

壁に鋳が入ってしまった
言葉は宙に浮いてしまった
浮いた言葉は破片になり　彷徨いつづける

地が揺れている
言葉も揺れたまま
冥い闇を
眺めているしかないのか

地の底から哀しみが　ふつふつと落ちてくる
民族のうえに

地の深い底で今も禍々しいものが
暗躍しつづけているのか
破滅のかたちを孕んで

行方不明

――蟻のように――

あした　もうご飯を炊きません
あした　味噌汁を作りません
あした　洗濯もしません
わたしはもう居ません

そう書き残してどこかへ消えてしまった
なにも考えたくなくて
みんないやになって
この暑さのせいで　か

あらゆる争いのせいで　か
もうまっしろになってしまって
どこかへ行ってしまった

しかし　人ひとり
たとえ地球の果てまで行ったとしても
なにも変りはしないのだ

そう　何も変りはしない　のに

でも行方不明になる人は
あるいはどこかへ消えてしまった人は
（それが自分の意志ではないとしても）
いっぱい

いっぱいいるのだ

さっきまで見ていたのに
いつの間にか　するすると
どこかへ消えてしまった
あのちっぽけな蟻のように

行方不明のわたしは
あした　また
新しいことばを捜すのだろうか
うろうろと
あのちっぽけな蟻のように

落とし文

世界地図のような雲を見ていたら
世迷いごとがなくなって
さっきまでのことが
どうでもよくなってしまいました

何だか辞世のような詩が送られてきて
（そうなんだ
と　わたしまでもう
逝かなくてはと思うのでした

きっと魂を揺さぶりながら
そらを眺めていたのでしょう
それとも　あの方たちと
ひそかに　はなしていたのですか

しばらくして目をあけたら
国がひとつなくなっていました
争いはいつでもどこでも
すぐ起こるものなのでしょうか
生きているものがいる限り

こんど生まれかわったら
雑草か木がいいなぁ

あなたのことばが
まるで落とし文のように
まるまって
こころのなかに残っているのです

ね

ね　いいわね
と念を押したのに――
ね　はときどき不審を抱かせる
ね　は詰問の形にもなる
確認の意味にも
疑問にも
でも　ときに乱雑に使われるので
　疲れる

しかし　わたしは
だいたい尻尾の結んだ字は好きだ
きりっとしている
一字で理解することが出来る

なのに
ねぇ　と　ぇがつくと
また異った形になってしまう
しまりがなくなる
とろとろと溶けてゆく
で
ねぇ……と続くと仕末が悪い

小さい子ならまだしも
まぶたを閉じる
ね　は　根っこのねなのだ

と言いながら
ねぇ　今夜は何にする
なんて思わず聞いてしまうのだ
よ
ね

ほ

ほぉ　って言ったとき
何のほぉ　なのかわからなかった
驚きのそれなのか
感嘆なのか
ただ単なるあいづちなのかもしれないし
言葉は変身するのだ
たえず　どこでも

ほんと？

うそなんて言う筈ないでしょ
でも便利さからいえば一番かもしれない
ほんと？　は
巷にうようよしている

ほ・ほ・ほ・ほ
なんてわらう人はいやだ
心の中で渦まいているなにかが
視えてしまう

ほの字なんて言葉が昔はあった
便利なものである
一字でわかる
しかし　懐かしい字はいつの間にか消えてゆく

ほぅ―― と
深い息をひとつ吐いて
人は逝ってしまうかもしれない
ほのところへ

悠久の世界のなかで
ほの字の人と暮してみたい
と思ったりして

わかってるさ
ほんと？

風が揺らすもの

風が木にしがみついたまま
揺らしている
わたしを
伸びてきたつる草を　おもいを

古い簞笥の袋棚を開くと
欠落した欠けら
の　なかの欠けらたち
ひっそりと鎮まって

ざわめいているのはわたし
千代紙模様のしっかりした箱
お気に入りだった
表はすっかり色あせたのに
裏はあざやかな色どりのまま

誰にもらったのだろう
思い出せない
父の土産だったろうか
大事なたからものを入れていた筈
なのに
ときめきながら　開けてみると
いまは　からっぽ
なにを入れていたのだろう

どこへ無くしてしまったのだろう

捜す　捜す　捜す
記憶の底をさらえて
　（今更ねえ
と記憶が言う
年が経ってしまったのだよ
　（年がねえ
そこに棲んでいたものが
転身して出て行ってしまったのだろうか
傷だらけになって
絶望して
からっぽのなかから
滲み出てくる　かなしみというもの

風が
木にしがみついて
揺らしている
かなしみ　というもの

爪を切る

ここはもと囲炉裏のあったところである
炎があかあかと燃えていたところである
太い木が何本もくべられて
湯がしゅんしゅんと滾っていた
横座に父が坐っていた
キセルで煙草をすっていた
背をまるめながら　ときどきポンポンと
キセルをはじいていた

しかし
もう父はキセルをくわえない
手がふるえてキザミをつめることが出来なくなってしまった
痩せて入歯が合わなくなってとってしまった
すき透った細い指に爪が長く伸びていた
わたしは黙って爪を切ってあげた
軽い華奢な指は生きもののようではなかった
爪はパチンとはじけてとんだ
父には　わたしが誰なのか
わからないのではないかと思った
　あの時激怒して
　もう勘当だ　と怒鳴ったことなど
　記憶にないのだった
　もう帰らないから　といって

遠い異国へ旅立ったわたしは
悪い娘であった
母が亡くなったと聞いて帰国した
あの時のほっとした父の顔を
忘れられない
あれから何年　父は元気だったのに
倒れた　と聞くたびに田舎へ走ったのだった

とりとめのない話をしていると
ときどき辻褄が合った
　　何とかしてやりたいけどなぁ
やさしい父は言った
　　仕方ないわ
わたしは長い爪のくずを集めた
長い爪の屑をていねいに集めた

父は家へ帰るといってきかない
此処が家だと説明しても違うという
あした汽車に乗せてあげるからと約束した
爪をつんで　さっぱりした指になって
でもやっぱり不安げに
父は眠った　眠ってしまった

＊

今　囲炉裏は無い
しゃれた板がのせられ
てえぶるになっている
もう火は燃えない

わたしは背をまるめて
親指の爪を切る

あんどん部屋

――鍵――

ふるさとの古い家の座敷の奥に
行灯部屋という小さな部屋がありました
開けてはいけないと言われていました　二畳くらいの目立たないその部屋
の脇を通るとき　ちょっとあけてみたいといつも思っていました
　でも一番奥の暗い所だったし大抵は忘れていました　廊下の続きの障子
をあけると米蔵(こめぐら)があってその向こうは空でした　小さい空でした　その空
を時々あけてみると煌びやかなものや知らない何かがいっぱい詰っている
のでした

雨が降っていました　わたしたちかくれんぼをしていたのです　ふっと開
けてしまいました　油の匂い黴の匂い　むっときて暗闇のなか何かが鈍く
光ったのです　長細いものや円いものが犇(ひしめ)いていて　そこには時代と　も
の語りと哀しみが息を潜めて押し込められていたのでした
そんなこわいもの見たさの幼かったわたしは今でも同じ

人間という生き物は
ときどき
開けてはいけないものを開けてしまうのだ
あのギリシャ神話のように
振り返ると石になってしまうよ
と言われても　尚
後を振り返りたくなってしまう　それは

人間の習性なのだろうか
そしてまた　今
新らしい何かを開けたとき
それがあたかも栄光の未来なのだ
というように思ってしまうのも

わたしたち
気付かないままにあのブラックホールへ
徐々に向かっているのだろうか

そんな時　あのあんどん部屋のこと思い出してしまうのです
錆びた鍵を握りしめたまま

ぽかんとして

十二月は
いろんなものを抱えて
走る
大掃除　買い出し
年賀状の書き残し
原稿の〆切り
クリスマス
出合い
別れ

溜め息

木枯しのなか
ふと立ち止る

（そんな日もあったのだ
と

つぎつぎと剝がされていったものが
風に揺れている
ぎっしりと書きこまれた枡目たち

あっという間に終った日々を
いとおしみながら　しかし
どこかでほっとして

新しい空白に
書きこまれるであろう日を
期待しているのだろうか

いまは
今年の背中を見送りながら
ぽかんとして

黄昏れる

今日も一日もう暮れてしまったのか
あなたが呟く
と
きゅうに黄昏れてくる気配
唐草もようのバンダナをしていた
よ　ね
たしか
みどりいろだった　か
ぷるしゃんぶるう　きいろ

くれない　にじいろ
瞳のなかをぐるぐる廻っている
のは　わたし

あの犬はもうずっと前に死んだのだよ
そうだった

でも
だから
で　はじまる際限のないものがたり

湯舟のなかで　溺れそうに
こころを沈ませる

（おおい　大丈夫か
（うん　　生きてる

掌の上にのせた今日が
たそがれてゆくとき
まばたきひとつする間に
ひとつずつ消えてゆく

もう　みんな
黄昏れているのだね
世界も
地球も

はさみ（鋏）Ⅱ

やっぱり切れなくなってしまった
引き出しの奥に　ひっそりと
しまわれていたのだから

二枚の刃が重なるのが重い
それぞれに
鈍くなった刃をもてあまして
途方にくれている

（最初から切れなかったのかも
　切りたくても
　いいえ　切ろうとしなかったから

それでも捨てられなくて
また引き出しにこっそりと
大切に隠す

＊＊＊

あの頃は　ばっさりと切った
人も　物も　自分自身をも
その日ごとに切れ味は異ったが
その切先で

鱗をはがし血を流したこともあった
それでも
それはそれでいちおう
納得していたのだった　のに

毎夜　切っ先を
研いで　研いで
あしたを想った日々
そんなはさみを確かに持っていた
そして
追いかけてくる過去を
ばっさり切ったのだった
（あれは同じはさみ？
　ではなかったのだろうか

いいえ

あれから——

（時だけが逃げて行ってしまったね

今日の一個

じゃあね
といって旅に出た人がいなくなると
じゅわっと広がる開放感と静寂
伏せてあった本の続きを開く
あ　これさっき読んだところだった
と思いながら
何か小さいものを見付けた
蚊だった　もう秋なのに

じっとしている
血を吸う元気もなく
早く殺して下さい
と言った
躊躇(ためら)った
わたしの血を吸いなさい
指を出したけれど
動かなかった
怯えているわけでもなく
ただそこにとまっているだけなのだ
すべてのものを超越して

長い間わたしはそれを見ていた
開いた本の上に手を重ねて

目を瞑る
人はこんな風に死ねるだろうか

それは　いつか
ふいっとどこかに消えてしまっていた
でも　一日じゅうわたしはそこにとまっていた

それから冷蔵庫の中を掻きまわし
山積みの本たちを崩し
千切りながら
手当たりしだいに口に放りこむ
ぎしぎしと蠢(うごめ)きはじめた
言葉たちの
細い糸を手繰り寄せながら

ようやく
今日の一個を取り出すのだ

あとがき

先日、通りすがりに新しく出来たカフェに入った。雑誌のコーナーの片隅に『読んではいけない本』という冊子を見付けた。これはもう、いやでも読みたくなるではないか。

細かい字でぎっしり書いてある。ぱらぱらとめくっていたら、吉増剛造「自分の中にある怪物に手を触れ続けろ！」という二頁位のエッセイがあった。〝どんな人の中にもある傷や怪物、非日常的なもの、出来ればその存在に気づかずに生きていきたい〟云々と続くのだが、けっこう面白かった。勿論、そういうものに触れ続けなければ詩は生まれない。

外へ出たらぴゅぅとすごい風で吹き飛ばされそうになった。東京はぽかぽか陽気だと言っていたのに、名古屋は寒い。更に鳥取あたりでは大雪だという。

日本は四季がはっきりしていて、美しい季語などいっぱいあるのに、この所季節は混乱している。

振り返ってみれば、私の辿ってきた道も相当混乱していたなと思う。傷や怪物を抱えながら、それが詩を書くことで宥められてきたのだろうか。『夜が眠らないので』以後の詩を集めてようやく詩集出版のはこびとなった。

これが最後の詩集になるかもしれないと思いながら、一方では次の〆切の詩を考えている私がいる。

この度は敬愛する新藤凉子さんに大変お世話になった。心から御礼を申し上げます。

如月　風の強い日に

若山紀子

著者略歴

若山紀子（わかやま・のりこ）

一九六九年　詩集『かくれんぼ　は　きらい』　不動工房刊
一九七二年　詩と写真『名古屋詩情』（共著）　世紀社刊
一九七三年　詩集『不安な寓話』　不動工房刊
一九八一年　詩集『ぶるうす』　不動工房刊
一九八七年　詩集『今朝　階段を上るとき』　不動工房刊
一九九三年　詩集『かあてんを閉める　と』　書肆青樹社刊
二〇〇〇年　詩集『鈍いろのあし跡』　書肆青樹社刊
二〇〇六年　詩集『握る手』　土曜美術社出版販売刊
二〇一一年　新・日本現代詩文庫83『若山紀子詩集』　土曜美術社出版販売刊
二〇一二年　詩集『夜が眠らないので』　土曜美術社出版販売刊

所　属　日本現代詩人会、日本詩人クラブ、日本ペンクラブ、中日詩人会
詩　誌　「歴程」同人・「環」主宰

現住所　〒463―0016　名古屋市守山区大屋敷一三―二七
電話・FAX　052-794-7886

詩集　沈黙は空から

二〇一七年五月一〇日初版発行

著　者　若山紀子

発行者　田村雅之

発行所　砂子屋書房

東京都千代田区内神田三―四―七（〒一〇一―〇〇四七）

電話〇三―三二五六―四七〇八　振替〇〇一三〇―二―九七六三一

URL http://www.sunagoya.com

組　版　はあどわあく

印　刷　長野印刷商工株式会社

製　本　渋谷文泉閣